詩集　シンプル　ライフ

小紋章子

七月堂

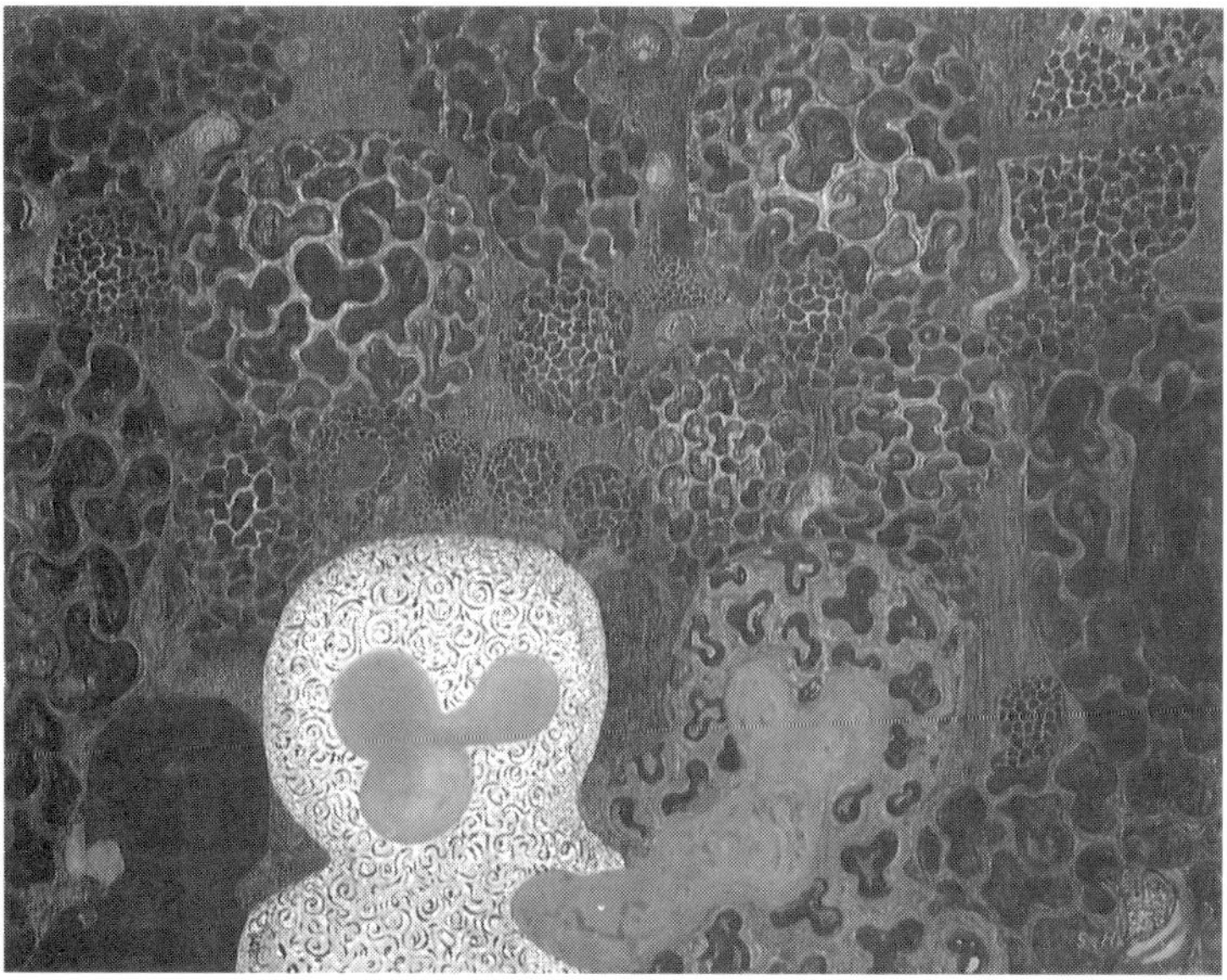

針生鎮郎作
「焼土狐火」
（宮城県医師会館蔵）

シンプル　ライフⅠ

（1）

色をぬる
という作業は
もはや半世紀以上に
なってるから
出来る
何を描くか
それが　いまも出来る
ことは
とてもうれしいことなのだ

とつぜん
わたしは自由を
手に入れてることを知った
引越しは終わったのだ

すてるものはすて
とっておきたいものはきまり
何もしなくてもよく
何をしてもよい
マンションにかぎをかければ
どこに行ってもよい

今日の晩ごはんを
おいしくたべた
何を食べるかきめる
ことが出来
それを調理して
これが出来るうちは
大丈夫よ

じゃがいもも

一ヶ売ってる時代
になった
五八円だった

詩人ってのは
手紙かいちゃいけない
のかな
いいアイデアを
保存するために

予想だに
しなかったことがおきる
それは　ことばに
先導されて

(2)

題名を
「シンプル　ライフ」
にしたあとで　本当のこと
になった

丁度半年たった
彼は未来を失ない
わたしは過去をすてた
それがよかったか　わるかったか
は知らない
そうなってしまったのだ

彼がいなくなってから

わたしは絵も詩もかかないと決心した
なぜ別の空間にとびこむのを
とめられなかったか
それはわたしのせいではないか
罪は　という気持から
病気になってしまった
そのわたしを　彼のまわりの人
わたしのまわりの人達の助け
もちろん病院の方々によって
退院出来たが

悲しみと　かなしさと
彼がもういない苦しみで

しかし　わたしは生きている
みんなの親切のためにも

元気にならなければと
そのために詩をかくことにした

わたしには夫がいて
息子がいた
という　不思議ないま

たちなおれるだろうか
一昨日もかるいめまいをした
もう一度引っ越すのは二ヶ月先
どうにかのりこえなければ

彼の名を呼ぶ
四十六年間のことだった
返事はない　姿もない

(3)

この頃になってやっと
彼の夢をみる

現実の現在なのに
その感じがない
絵画にすべてをかけ
そのほとんどをすてた
過去を失った　いま
未来をつくらなければならない

残されたものは
続けるしかない
彼は放棄した
その分も

彼女と娘と
彼女の母に会った
彼はその三人に守られ
ながら十五年過ごしたのだ
彼はもういない
わたしは彼女たちと別れ
故郷に戻る

彼は
消えるという
マジシャンだった
のかもしれない

詩を発表しはじめたが
絵は詩よりおそく

かき始めてた
まだ方向を思索中
が何点かはあったが
発表はもっと
煮つまってからと思ってた
そこに画廊から個展の誘い
そうだ何年後があるか
と
制作途中の作品を仕上げ
亡夫との二人展にした
なぜ急いだのか
制作中の作品は
彼の生まれた日
　名前
　　遠く遠くにいった日
を記した六号三点

これをどうしても発表したい
の思いだった
作品名は
木洩れ日　イ
　　　　　ロ
　　　　　ハ

（4）

人類は
いま生きてる人を
のぞけば
生れた人はみな
なくなっているのだ

人類は　むかしから

破壊しては
建設してきた
わたしも
これから新たなる
建設

ひとは
ひとり　ひとりに
歴史がある
それは大きな歴史
の中にほんのほんの一部として
しかし　しっかりと

彼が植えたネムの木
の鉢の土かえをした
夫のシダの鉢

この二つだけが昔の家
からこのベランダに移った

何でもないようなもの
を描いている
この色の次は別な色
その次の色は
と色をつらねてるから
別に何も考えてないようにみえる
この色の次は別な色
ここで曲るか
と考え始めた
出来上がってすぐそばでみる人
がいない　いま
何もいってくれるでもない人は
ずっとそばにいてくれるはずだったが

右顔面のヘルペス
一ヶ月以上たって傷は
のこったものの
なおってきた
と思ったら　目蓋が両方
はれてきた　赤く
病気は次々とあらわれる
顔が顔でなくなる恐怖

顔面のトラブルがほぼおさまり
東京方面からの
八十名ほどの展にさそわれ
七十五才にして始めて
故郷で絵画作品を展示出来た
画家として歩み始めての

五十年目にしてようやく　一点
故郷をきらってたわけではない
故郷で個展をするには
費用がなかったのがいちばんだが
わたしの時間がなかったせいもある
これでやっと故郷でのすべり出し
ゆっくり走ろう

(5)

だれかが
生の中の滅び
をみていた
というが
うしなわれてしまった
は　違う意味なのだ

消えたものの生
を追う

自分の運命は
努力だけではきまらない
ヒョイと　あらわれる
外的要素に
さらわれる時もある
よい方向へも
わるい方向へも

何かが動かなければ
別の何かが動く

彼女の娘から電話
もらった

ほんとうにうれしい
彼の娘でもある

今日おもいついたことは
五ヶほどあった
一ヶにつき二時間ほど
ああでもないこうでもないと
思いなやんだ
それが五ヶだ
何も行動せずに終った

いま　すべてが
安心の時
こういうことは
めったにないから
何かが

わたしをおそわないでほしい

可能性をさがしてたら
勇み足になった
チトまずいかと思いつつ
しかし　なんとか　と
がんばってみた
予定からはずれたのが
いけなかったのか
と　可能性を消したら　うまくいきそうだ
これは画面上の話

(6)

何もしたくないとき

そんなとき詩集を読む
詩って何ものだろう

わたしの能力では
出来ないことは
全部抜かして
前にすすもう

それも何かの縁
と　いうものがあるらしい
なにげない会話
うちとけたいと思う人と
うちあけられないことを
もっている人
が
かわされる会話

ふともらす　ひとこと

郵便番号というのを
書かなければならなくなった
ゼロという字がでてくる
パソコンを使えないから手書きだ
小さくなったり　マンマルになったり
他の数字とそろわない
ともかくゼロという字
はむつかしい
ゼロを発見した時の
字は？

夢の中の
そのことは
わたし自身の

ひとりだけのものだ
よくばりでも
ケチでもないが

わたしは自給自足
してる
つかみどころのないもの
に向かって

いまや
何も望んでるわけ
ではない
何を期待してるわけでもない
それなのに
何かがせまってくる予感

（7）

世の中がかわった
からといって
すべてに　ついていかなければ
ならない　わけではない
昔から
その人　その人が
出来ることをやってきたの
だから

とってもうれしいことは
三日ぐらいたって
ジンジンとくる
彼と彼女の娘からの手紙

耳が痛くなった
風邪は鼻から　喉から
とはかぎらない
耳から？　と

すべてにおいて
無力だと知ることは
刃がむかってきても
じっとしているしか手がない
ということかも

うれしいことのみ
おとずれるはずだった
だが
別方向から
いじわる風が吹いてきた

そのまま
通りすぎてくれれば
よいのだが

そうだよ
こわがっちゃだめだ
顔のシワ作りが
ヘンテコになるから

わたしの心に
わだかまっているものは
ひとつ　ひとつ
クリアしなければならない
努力してるうちに
また別のことが心に入ってくる
心はみだされる

じっとこらえながら
解決の方法をさぐる
そのようにして
生きる道をさぐっている

今日の仕事は
これをして……
と思うか
前から予定がきまっている
かで　朝が始まる
そして夜になるまでの
一日
何をしたか
予定をこなしたか
それとも
まったく違う一日

だったか
そして世界は？

(8)

母の日のカーネーションは
青いバラが出来たように
色とりどりのカーネーションになった
努力と期待と希望
いろいろな色でよいでしょう
でも桜の色は変えないでほしい

芸術的な絵を
描くのはむつかしい
売れる絵を描くのも
むつかしい

いま　生活のため
芸術的で売れる絵
を描かなければならなくなった

五時です
とラジオの時報
一年前の時計は四分進んでたが
一年で一分進んだわけだ
五分進んで生きた気で
何の役にたつのだろう

思い出
というのは
過去ではなくて
今にあるのだ
思い出す

今あってこそ

わたしは
未来に舵をきってるから
このまま進むしかない

考えなければならないことが
まだまだある
老いて生きてることを
自然に過すには
ほど遠い

(9)

あと何年生きられる
かな

と思うのは
０才児と同じだ
とすることにした
でも０才児は
いますぐ仕事が出来ない
のだから
仕事年令では
と数えよう

活発に動け
なくなった
それなりに
動ける間は　と
ベランダの花
に水をやったりして

なぜかしら
ともかく毎日のように
何かが起きる
わたしの方から
仕掛けたのじゃない
しかし　今日も負ける
原因をつくったひとは
気がつかないから
今日も負ける
何か　トランプで
負を貯めると
勝　ってのがあったような

物事っていうのは
ひとつ　ひとつ順番
に来ればよいのに

いちどきに
だだっとおしよせる
ひとつだって大変
な用事なのに
ひとつだってまったなしなのに
そこにのんびりした用事
でせかされると
？・？・

突然

2011.3.11.14:46
東北関東大地震（東日本大震災）
津波
原発事故　放射線
被災者数

（18日午後5時現在）警察庁集計
死亡　6,548人
安否不明　18,016人以上
避難　403,811人
　　朝日新聞まとめ

わたしは
仙台市宮城野区のマンションでも
大丈夫だった
地震の後の一週間目だった
うつらうつらしてる
　　　とき
呼んだら彼は来て
くれると思った
が　すぐ目がさめ
もう彼（つまり息子）は来られない
と知った

この世から消えて三年半
今でも　わたしは
たよっているのだな　と
東京にいる
彼女とその娘に
電話で会話したら
彼女達も大丈夫だった
しかし　わたしは自立のためにも
予定通り
2011.4.16 ～ 30
仙台市青葉区の
カフェ＆ギャラリーガレで
小紋章子展をすることだ
2011.3.20 記す
実際　地震の
被害は日毎大きくなり

ニュースは津波の後のこと
福島原発の様子が
リアルタイムで
テレビに写った
それでも余震は続く
放射線は十万倍を越える
被害額は十兆円を越える
四月一日
震災名は正式に
「東日本大震災」ときまる
国際原子力機関 IAEA から
専門家の派遣きまる
四月二日
福島原発の施設のヒビわれがみつかり
そこから放射性物質を含む水が
海に流出しているのがわかる

それらのことはいつ終わるのかは
まったく不明だ
被災者数（4月6日現在）
死亡　12,494人
安否不明　17,722人
朝日新聞まとめ

震災によるものではないが
わたしの
お月さまは
2011.3.21
の新聞で
十五日に死去した
ことを知る

(10)

運動選手をみていると
よくもここまでがんばる
と思う
でも詩人だって
これでよいかの判断は
己のみ

だんだんと年いってく
ってのも悪くないな
と思ってるところに
大地震後十日ほどたって
ころんでしまった
一ヶ月で
腰が痛いのはなおった

寝たきりはまぬがれたが
ぼーっとしてはいけないのだ

一見
むだなことを
してる時
アイディアが
うかぶ
ときに
詩になったり
絵になったり

旅行はしない
わたしは
自分のあたまの中でのみ
探検している

つかれたら　休む
が
つかれたら　休む　休む
になった

道端で
黄い小さな花を
みつけた
そういえば
わすれな草を
みたのは
いつだっけ
と
そこに
台風十五号の暴風大雨の日

友人から
わすれな草の
絵ハガキがとどいた
その何日か前
もう一人の大切な友人からは
メールがとどいていた
そう　そのことで
元気になれた

それでも
少しずつだが
動いてるらしい
すこうしすこうしと
進んでいる
仕事が仕上がるまで
間に合うか

（11）

巨大津波のニュースで
愛他行動という
ことばを知った
津波がくるから
一緒に逃げようと
説得しているうちに
波にのまれた人達

わたしの愛他行動は
海ではなく
街の中で
人の中で
共に仕事を
と思った人の重みで

沈み込む
かろうじて浮び上ると
又　次の波に
わたしはおぼれそうになりながら
自力で浮び上るしかない

生
s　e　i

おもわず声に
したのは
生　sei
だった

一方で

わたしは助けを
求めた
何人もが　手を
引っぱってくれた
最悪と思った時
もう一度
がんばれる道が
開かれた

友人をつくるには
つねに開拓しなければ
ならない

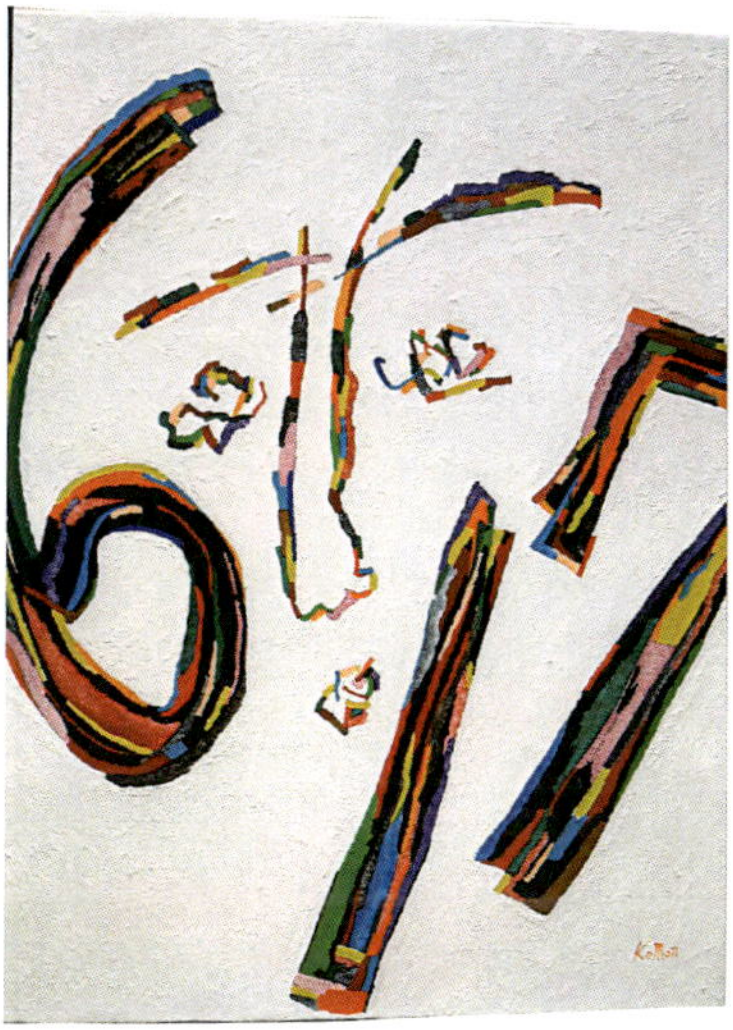

木洩れ日　イ　「彼の生まれた日」

木洩れ日　ロ　「名前」

木洩れ日　ハ　「遠く遠くにいった日」

シンプル　ライフⅡ

(1)

もう　あわてることはない
失うものは失って
残るものは残った
八十才

ありえないような
よい感覚の夢
を見た実感は
あるのだが
どんな夢だったのか
は覚えてない

ここんところ
発表しないが

という詩、文、を
書いていた
発表しないまま
消す
しかし　書きながら
考えた
そのことだけは　わたしに
残る

すごく退屈
にしなければならない
旅行に行かず
買物にも行かず
友人にも会わず
ひたすら退屈に向う
そしてつまらないかも

しれない絵を描き始める
ものごとを伝えるために
ことばがある
と思いたいが
ことばとは
とてもむつかしいものなのだ

何の気なしに
鏡の前を通った時
わたしの顔の中に
彼の顔の一部をみる
残念だが夫の顔は
うつらない
彼とは息子だから

(2)

40億年前の
火星の
最新映像が
うつし出された
水があったか？
生命体があったか？
さて
文化は？
それよりも火星から
もちかえった物質の中に
未知の有害な細菌はないか？

希望をもつことを

やめるとどうなるか
知ってるでしょ
だから無駄だと云われようと
わたしは進む

うまくいかなければ
努力しなければならない
努力してもうまくいかないから
又　努力が必要になる
そうやって努力は
続く

まよったら　止まること
今はここで一旦
休む

思いもかけないひとの
夢をみることがある
もしかしたら
わたしも誰かの夢の中に
登場してるかもしれないのかな

なんだろう　この気持
特にうれしくもなく
悲しいわけでもなく
恐ってるわけでもない
これをいっときの平安
というのだろうか
十日間ほど絵の題名を
考えていた
絵は描いてしまってから
題をつけるのが多いが

「真昼の想い」
と　きまった

何かと何かが重なる
かぶる
Veilという絵も
描いている

(3)

たいした用事
じゃないのよ
手紙とかハガキを
ポストに入れるだけなんだから
歩くのがおぼつかなくなったから
手押し車を借りることになった

雨が降ったら傘させない
宅急便はとりにきてくれるけど
手紙とかハガキは
ダメなんだって

しばらくぶりで鶴を
折ってみた
折り方をわすれてたのも
びっくりしたが
三角がしっかりしないのだ
こういうなにげないところ
で老いを味わう

何年　使ったかなあ
カバーをとりかえながらも　の
お気に入りの枕をすてた

どんな夢を見
どれだけ涙がしみこんだか
最後のカバーは孫からもらったタオル
でつくったものだった
五色の風車がつらなった模様
ソバガラが出てきたので
すてることにしたが
カバーは縫目をほどいて
タオルに戻した
しまっとこ

いよいよ　と
思う時
決断がうかぶ
まかせる
とは　こういうことか

何ごともなかった
ように生きること

坂本竜馬は
商才があったと
テレビＢＳの歴史館で
言っていた
そうだ　今からでも
商才に心がけよう

(4)

まだ
絵を描いてる時
集中出来るのは

めぐまれている
といえるだろう

さみしいかって
さみしくないさ
恐怖があるから
それは
自分自身への
恐怖かも
しれない

やっと　わたしの
方向性をわかって
くれつつある
四十年以上　かかったのよ

血圧がやや高いのは
下げる薬を弱くしたから
だけではなさそうだ
何かと問題をかかえこむ
性質
さらっと生きられない
ことによるものかもしれない

カマイタチ
カマイタチ
はっと気がついたら
ひとりごとで
つぶやいていた

ベランダから見える
一本の立派な樹

その枝は東日本大震災で
ひびがはいり　あぶないながらも
ひたすら耐えていたが
巨大台風の後
持ち主に枝を切りおとされて
さながらミロのヴィーナスが
腕のない新たなフォルム
としての価値をもったような
幹になった

誰にも言えないこと
をかかえてる
わたしは悪いことを
してるわけではないが
それを　おおやけには
出来ない

ということをかかえてる
どんなに困ってるか
わからせる方法はない

(5)

わたしはあまりに画家
だったがゆえの
詩人についても同じこと

つまり
よけいなことを
思いつかないこと
しかし
思いつくのが
仕事だから

いま　思いついた
これはよけいなことではない

大きすぎて！
と妹から
母が自分で編んだ
毛糸のチョッキをもらった
何十年も前に
母が一番肥ってた時に
自分に合わせて作ったものだから
わたしにだってもちろん大きすぎ
ただ　母を思い出したい時に
くるまろうと思っている
ヨシコサンハ
ミモココロモ
オオキイヒトダッタカラ

絵を描くのは
うまく出来なくともよい
しかし詩は
しっかりしたもので
なければならない

ほとんど歩けない
が普通になってしまった
わたしの普通
そのうえでの生活

ただひたすらに
描くことを
あるひとから
学んだ

ともかくやってみよう

人生　はじめっから
うまくいくなら
なにも何十年も
生きる必要がないかも
しれない
努力して努力して
全うしたい

(6)

何でも自分で
解決しなければ
気がすまないのは
困ったものだ

待ってたって
物事が進まないからだ

ひとつ解決
と思う間もなく
一週間もたたぬうちに
問題がおこるとは
何故?

生きてる間に
するべきことがある
何をするべきか
を考えるのに何年も
そしてそれを終わらせるのに
何年も

物事の節目
は自覚しないうちに
やってくる
気がついたら
いまなのではないか

まだ　やりのこしている
仕事があるから
のんびりした気持ち
を　もてないでいる
よくばっているつもりはないが

芸術においても
先人の考えを
尊重するのは
いいことだが

芸術の世界こそ
時代をこえて
検証すべきではないだろうか
と

(7)

のんきに
描いてるように
みえるが
わたしの
必要
を
すなおに
表現してるつもりだ

誰のためでもなく
自分がしっかり
生きることを
中心にしよう
そのうちに
余裕が出来る
ことを願いながら

手押し車なしでは
歩けない
それと同じように
出来ないことがふえて
きてるが
若い人とは違う何か、
出来ることがあるはず

と
さがしてる

朽ちる
果てる

残

ねむるってことは
考えない時間に
入ること

今日の天気は
晴れ
気温もよい
ところが

強風
歩いてて
とばされないように
ですって

あとどのくらい生きる
か　わからないが
体力がなくなってる
のはたしかだ
かたつけものを
するのに間に合わせよう

次に描く絵の
方向さえきまれば
手の動くのを待つ
だけだ

(8)

「ことば」をさがしてた
それは
希望　だった

2015年7月29日〜10月18日
宮城県美術館　コレクション展示
特集：針生鎮郎（はりう・しずお）展
　出品作品
蕃地（イ）　1956
蕃地（ロ）　1956
極楽・鳥　1958
食・卓　1958
暗鬼　1963

多少のズレ　1963
太郎と花子　1963
ひとつ（ハ）　1982
とんぽんだゆりさり（イ）記号　1984
王と妃・面――I　1988
などの大作227.3×363.6cmをはじめ、一五〇号などのキャンバスに油彩画の他に、紙、水彩、コンテ、鉛筆による小品
鶏習作（1）　1960頃
鶏習作（2）　1960頃
鶏習作（3）　1960頃
ぼうず（習作）（1）　1979
ぼうず（習作）（2）　1980頃
ぼうず（習作）（4）　1982頃
カンカンおどる（習作）　1988
が展示された

2015年10月17日～23日
ギャラリー　専（仙台市）
小紋章子（こもん・あきこ）油彩画展
出品作品
題はいらない（ト）　1998
題はいらない（へ）　1998
題はいらない（ロ）　1998
題はいらない（ニ）　1998
の一〇〇号　キャンバスに油彩画　四点
の他に近作小品　一四点が展示された
針生鎮郎展と小紋章子展が、二日間重なったおかげで、東京方面
からも仙台市に知人がたくさん来てくれた
ひとくぎりついた思い
で　ほっとしたとき
シンプル　ライフも
ひとくぎりついた　と

気がついた

いろいろな情報により
地球上におこっていること
宇宙規模での出来事
を知るが
世界の動きに
参加することも止める
ことにも無力だ
出来ることは
それについて考えたこと
感じたことを
わたしは　絵や詩で
記憶することである

針生鎮郎がいない今、仙台に住まう

2011.3.20	「あいだ」の編集雑記に仙台市宮城野のKさん				
2011.4.20	「あいだ」の編集雑記に画家／詩人Kさん				
2011.3.25	「市川の文学、詩歌編」市川市文学プラザ発行に詩「題はいらない8」掲載				
2011.7.15	詩「シンプル・ライフ」	(9)	を孔雀船	Vol.78	に発表
2012.1.15	〃	(10)	〃	79	〃
2012.7.15	〃	(11)	〃	80	〃
2013.1.15	詩「シンプル・ライフ」	Ⅱ (1)	〃	81	に発表
2013.7.15	〃	Ⅱ (2)	〃	82	〃
2014.1.15	〃	Ⅱ (3)	〃	83	〃
2014.5.20	河北新報（仙台）に乾いた筆致　物語生む　Disc Review				
2014.7.15	詩「シンプル・ライフ」	Ⅱ (4)	を孔雀船	Vol.84	に発表
2014.12.10	〔Challenge〕文章を宮城県宮城第一高校同窓会報に発表				
2015.1.15	詩「シンプル・ライフ」	Ⅱ (5)	を孔雀船	Vol.85	に発表
2015.7.15	〃	Ⅱ (6)	〃	86	〃
2016.1.15	〃	Ⅱ (7)	〃	87	〃
2016.7.15	〃	Ⅱ (8)	〃	88	〃

明日への想い（5）　　　「舟」105号　2001秋
明日への想い（6）　　　「舟」106号　2002冬
明日への想い（7）　　　「舟」107号　2002春
明日への想い（8）　　　「舟」108号　2002夏
明日への想い（9）　　　「舟」109号　2002秋
明日への想い（10）　　「舟」110号　2003冬
明日への想い（11）　　「舟」111号　2003春
明日への想い（12）　　「舟」112号　2003夏
明日への想い（13）　　「舟」113号　2003秋
明日への想い（14）　　「舟」115号　2004春
明日への想い（15）　　「舟」116号　2004夏
明日への想い（16）　　「舟」117号　2004秋
明日への想い（17）　　「舟」118号　2005冬

狂気をもつものは（1）「ポエム通信」「泥水」32号　1995、3月
狂気をもつものは（2）　　　　「泥水」33号　1995、5月
狂気をもつものは（3）　　　　「泥水」34号　1995、7月
狂気をもつものは（4）　　　　「泥水」35号　1995、9月

2007.1.7　映画『DRAW』針生夏樹監督作品に出演
evi-night Vol.4　針生夏樹送別会に文章
2007.1.7(sun)　6:00　初台ザ・ドアーズ
2007.1.15　詩「シンプル・ライフ（1）」を孔雀船Vol.69に発表
2007　「市川市文学プラザ」企画展　　パネル
2008.1.15　詩「シンプル・ライフ（2）」を孔雀船Vol.71に発表
2008.7.15　詩「シンプル・ライフ（3）」を　〃　Vol.72に発表
2009.1.15　詩「シンプル・ライフ（4）」を　〃　Vol.73に発表
2009.7.15　詩「シンプル・ライフ（5）」を　〃　Vol.74に発表
2009.6.13 − 10.12　「市川文学プラザ」企画展　　パネル
2009.6.30　「宗左近と市川の詩人」
市川市文学プラザ企画展図録に掲載
〝明日への想い〟
2010.1.15　詩「シンプル・ライフ」（6）を孔雀船Vol.75に発表
2011.1.15　詩「シンプル・ライフ」（7）（8）を孔雀船Vol.77に発表
2011.4.1　月刊いちかわ「4」創刊40周年特集号に文

1973　　千葉県現代詩人会に入会
1974　　詩集「嗜眠・アルファベット」(新書館) を出版
1975　　詩「銀座四丁目」を「みち」No.23　日本道路公団　掲載
1977　　詩誌「舟」同人となる
1977~1979　詩「BOO BOO 落下傘」を詩誌「舟」「光芒」「日本詩人」等に発表
1982~1985　エッセイ「ベクトル覚書」を詩誌「舟」に発表
1983　　詩集「BOO BOO 落下傘」(レアリテ叢書) を出版
1987~1991　エッセイ「タナトスの原点」等を詩誌「舟」に発表
1988　　誌集「フィナール」に詩「バランス」
1988~1996　詩「題」を詩誌「舟」「千葉県現代詩人会詩集」に発表
1989　　詩集「フィナール」に詩「八題」
1990　　詩集「フィナール」に詩「そして二題」
1990　　歴程 12 月号 (追悼・会田綱雄) にエッセイ
1991　　詩集「フィナール」に詩「葉」
1995　　ポエム通信「泥水」同人となる
1995　　「狂気をもつものは」をポエム通信「泥水」に発表
1995~2001　「ひとつの日常」をポエム通信「泥水」に発表
1996~2000　「題はいらない」を詩誌「舟」に発表
2000　　詩集「題はいらない」(私家版) を出版
2000~2005　「明日への想い」を詩誌「舟」に発表
2001　　ポエム通信「泥水」退会
2001　　エッセイ「ジャズる」を「ビル・メンテナンス」に掲載
2001　　エッセイ「いちかわギャラリー、34」を「月刊いちかわ」に掲載
2003　　詩集「そしてそして一題」(私家版) を発表
2004　　医薬の門　Vol.44　No.6 の表紙解説に
　　ズンガラッタかコイッタッピーか
　　小紋章子について瀬木慎一 (美術評論家) の文
2005　　詩誌「舟」退会
2005　　エッセイ「次のステップは待っている」
　　を独立行政法人、雇用・能力開発機構「Tsuchi」掲載
2006　　詩集「明日への想い」(私家版) を出版

明日への想い (1)	季刊詩誌	「舟」101 号	2000 秋
明日への想い (2)		「舟」102 号	2001 冬
明日への想い (3)		「舟」103 号	2001 春
明日への想い (4)		「舟」104 号	2001 夏

2009.9.30	菊池柚二詩集「散歩の理由」書肆青樹社の装画
2010.6.24 － 6.29	ART　WAVE　2010　IN　福岡
	福岡アジア美術館　企画ギャラリー ABC　7F
2010.7.16 － 7.21	ART　WAVE　2010　IN　新潟
	りゅうとぴあ新潟市民芸術文化会館 4F　新潟県民会館　1F
2010.8.30 － 10.2	針生一郎追悼展　　調布画廊（画展に掲載）
2011.4.16 － 4.30	小紋章子展　　カフェ＆ギャラリーガレ（仙台）
2011.3.12 － 6.26	いちかわの詩歌びとたち　　市川市文学プラザ企画展
2012.3.26 － 4.4	第 3 回現代作家オークション小品展　　ギャラリー志門（東京銀座）
2012.10.16 － 28	Komon Akiko exhibition　　美術カフェ PICNICA
2012.9.15 発行	独立美術協会 80 年史に掲載
2012.10.29 － 11.3	開廊 50 周年記念小品展（その 1）　　銀座スルガ台画廊（東京）
2012.11.1 － 11.4	Nepal Japan Friend ship Art Exhibition
	Nepal Academy of Fine arts
	Araniko Gallery
2013.1.15 － 1.26	調布画廊移転記念新春展　　調布画廊（東京）
2013.4.16 － 4.30	小紋章子油彩画展　　カフェ＆ギャラリーガレ（仙台）
2013.9.23 － 9.28	小紋章子展　　ギャルリー志門（東京銀座）
2014.2.7 － 4.20	秋田県近代美術館　5 階展示室
	開館 20 年　美術館の眼Ⅶ
	10 年間の収集記録　2004~2013
2014.3.12	企画展「美術館の眼Ⅶ」 秋田近代美術館の出品作
	（追憶　小紋章子作に秋田さきがけに文）
2014.4.7 － 4.12	林紀一郎　物書き半世紀を祝う仲間たち展
2015.1.13 － 1.31	調布画廊新春展（東京・調布）
2015.5.11 － 5.16	第 5 回現代作家オークション展　　ギャルリー志門（東京銀座）
2015.5.16 － 5.30	小紋章子展　　カフェ＆ギャラリーガレ（仙台）
2015.10.17 － 10.23	小紋章子油彩画展　　ギャラリー専（仙台）

＜詩歴＞

1968	小説「嗜眠・イブの林檎」を同人誌「バロッコ」3 号に発表
1970	文・絵「嗜眠・ナンセンス・ロード」を同人誌「バロッコ」4 号に発表
1971	詩集「ダイヤモンド」（私家版）を出版
1972	中央公論 2 月号に詩「断章」掲載
1972	詩集「むらさき」（新書館）を出版

新井豊美　小池昌代　小長谷清実
藤富保男　粕谷栄市　小紋章子

2002　七夕会展　市川画廊　市川市
2003　第３回　新世紀展　市川画廊　市川市
2003　第２回「壱の会」詩画展　ギャラリー毛利　東京銀座
新井豊美　小池昌代　小長谷清実
藤富保男　粕谷栄市　小紋章子
2003　七夕会展　市川画廊
2003　Tokyo Global Art 2003　O 美術館　東京
2004　第４回　新世紀展　市川画廊　市川市
2004　馬場彬へのオマージュ展　part-2　井上画廊　東京銀座
2004　個展　画廊響き　東京銀座
2004　個展　珈琲ギャラリー Rei（四回目）　市川市
2004　七夕会展　市川画廊　市川市
2004　「壱の会」詩画展　画廊響き　東京銀座
新井豊美　小池昌代　小長谷清実
藤富保男　粕谷栄市　小紋章子
2005　第５回　新世紀展　市川画廊　市川市
2005　市川市ゆかりの作家展　小紋章子展
市川市八幡市民談話室　２階文化の広場　市川市
主催（財）市川市文化振興財団
2005　七夕会展　市川画廊　市川市
2006.7.10 － 7.29　個展　調布画廊（針生一郎推薦）
2006　馬場彬へのオマージュ展　part-3
2006.10.28 － 12.17　新収蔵作品展　市川ゆかりの作家たち
市川市芳澤ガーデンギャラリー
2008.2.25 － 3.14　針生鎮郎・小紋章子展　調布画廊（針生一郎推薦）
2008.9.5 － 9.10　ART　WAVE　2008　IN　SENDAI　せんだいメディアテーク
2008.11.1 － 11.9　ART　WAVE　2008　IN　五島　長崎県
2009.9.15 － 23　ART　WAVE　2009　IN　滋賀　滋賀県立近代美術館
2009.10.30 － 11.4　ART　WAVE　2009　IN　仙台　せんだいメディアテーク
2009.10.31 － 12.20　市川ゆかりの作家たち　市川市芳澤ガーデンギャラリー
2009.12.7 － 12.12　一家一展（～銀座から奈留島へ）
GINZA ギャラリー・アーチストスペース

鵜沼義男　岡沢喜美雄　小倉洋一　小紋章子
神野直邦　高橋甲子男　鶴岡洋　針生鎮郎
堀内袈裟雄　村上秀夫　吉永裕
1986　個展　日辰画廊　東京銀座
1987　個展　ギャラリー毛利　東京銀座
1988　第9回フィナール詩展　銀座松屋カトレアサロン　東京銀座
1989　第10回フィナール詩展　目黒美術館区民ギャラリー　東京目黒
1989　関根弘詩集「奇態な一歩」土曜美術社の装画
1990　第11回フィナール詩展　ギャルリ　フィナール　東京
1990　MOVE '90 GALLERY SALEN
1991　MOVE '91 GALLERY SALEN
1991　第12回フィナール詩展　ギャルリ　フィナール　東京
1991　クリスマス小品集　画廊　橋本美術　東京
1992　個展　日辰画廊　東京
1992　針生鎮郎・小紋章子展　市川画廊　市川市
1993　13人展　ギャルリーグレ　市川市
天野三郎　針生鎮郎　大塚　勇
淵上政夫　小紋章子　松沢茂雄
竹内庸悦　宮沢敏男　鎮西忠行
吉野順夫　徳田則子　渡辺良一
西嶋俊親
1993　個展　NTT市川ギャラリー　市川市
1995　個展　玉屋画廊　東京銀座
1998　個展　日辰画廊　東京銀座
1999　龍のまつつるがしま　アートフェスティバル　鶴ケ島市東公民館
2000　"21世紀への飛翔"展　銀座画廊美術館　東京銀座
2001　新世紀展　市川画廊　市川市
2001　鎮・鎮・展～針生鎮郎を囲んで～　ギャラリー毛利　東京銀座
尾崎愛明　尾崎玄一郎　小紋章子
斉藤隆　山領直人
2001　個展　市川画廊　市川市
2002　馬場彬と世代を超えた画家たちの小品展
日辰画廊　東京銀座
2002　第2回　新世紀展　市川画廊　市川市
2002　「壱の会」詩画展　ギャラリー毛利　東京銀座

1983　　会田綱雄、針生鎮郎、小紋章子三人展
　　絵画サロン・べるん　　市川市
1983　　べるん展　　絵画サロン・べるん　　市川市
　　小倉洋一　加賀美政之　小紋章子
　　高橋甲子男　竹内庸悦　針生鎮郎
　　淵上政夫　堀内袈裟雄　マツオキヨシ
　　岡沢喜美雄
1984　　女友達展　8 回展　　銀座スルガ台画廊　　東京銀座
　　東賀津絵　生長智江子　岩本和子
　　植野悦子　川仁俊恵　花溪香キ（旧北村明美）
　　小紋章子　山領まり
1984　　三々九展　　スペース・ニキ　　東京銀座
　　会田綱雄　小久保裕　難波田龍起
　　赤塚徹　小柳幸代　二樹洋子
　　伊佐次章子　小紋章子　針生鎮郎
　　石川忠一　佐々木良枝　堀内菊二
　　伊東浩一　杉田明維子　堀内康司
　　井上リラ　鈴木智子　古林みどり
　　上野實　関口将夫　三浦富治
　　遠藤昭　諏訪優　宗形譲
　　大野五郎　竹田佐和子　柳下あつみ
　　金子義廣　寺田至　山田正延
　　上條明吉　寺田政明　横前祥雲
　　上條陽子　寺田一男　吉井忠
　　加茂良裕　長尾春枝　よしだひろこ
1984　　それぞれ展　　絵画サロン・べるん　　市川市
1984　　べにしじみの会　　絵画サロン・べるん　　市川市
1984　　会田綱雄、小紋章子二人展　　スペース・ニキ　　東京池ノ端
1985　　川仁俊恵・二樹洋子（増田静江）・小紋章子・山領まり展
　　スペース・ニキ　　東京池ノ端
1985　　友達展　9 回展　　銀座スルガ台画廊　　東京銀座
　　東賀津絵　生長智江子　岩本和子
　　植野悦子　川仁俊恵　花溪香キ
　　小紋章子　山領まり
1986　　現代作家 11 人展　　GALLERY　Jun　　市川市

1978　女友達展　3 回展　スルガ台画廊　東京スルガ台
東賀津絵　生長智江子　岩本和子
植野悦子　北村明美　小紋章子
島田鮎子　藤田淳子
1979　選抜 6 人展　ギャラリー創風　東京銀座
小紋章子　佐藤和子　園原小波
前川佳子　溝田コトエ　山内慶子
1979　棟展　3 回展　スルガ台画廊　東京スルガ台
岩本和子　大隈孝夫　小紋章子
榊美代子　杉田五郎　高岡徹
富澤秀文　松岡眞
1979　女友達展　4 回展　スルガ台画廊　東京スルガ台
東賀津絵　生長智江子　岩本和子
植野悦子　北村明美　小紋章子
藤田淳子　山領まり
1980　五人展　ギャラリー・コーノ　東京渋谷
小紋章子　豊島和子　前川佳子
溝田コトエ　矢島美枝子
1980　女友達展　5 回展　ギャラリー美洞　東京京橋
4 回展と同じ
1980　棟展　4 回展　スルガ台画廊　東京スルガ台
3 回展と同じ
1980　女友達展　6 回展　スルガ台画廊　東京スルガ台
4 回展と同じ
1981　個展　ギャラリー葉　東京銀座
1981　棟展　5 回展　銀座スルガ台画廊　東京銀座
3 回展と同じ
1981　東京展退会
1981　女友達展　7 回展　川上画廊　東京銀座
東賀津絵　生長智江子　岩本和子
植野悦子　川仁俊恵　北村明美
小紋章子　山領まり
1982　JOINT EXHIBITION '82　スペース・ニキ　東京池ノ端
川仁俊恵　小紋章子　山領まり
1983　個展　絵画サロン・べるん　市川市

小紋章子　KOMON　AKIKO　＜プロフィール＞

＜画歴＞

1933	三重県桑名市生まれ
1936～1941	秋田県大館市で育つ
1945	仙台市立町小学校卒
1952	宮城県第一女子高等学校卒
1958	東京芸術大学油画科卒
1962～1965	独立展出品
	'63・'64 奨励賞受賞
1964	個展　スルガ台画廊　東京スルガ台
1965	女流二人展　クリスタル画廊　東京銀座
	小紋章子　藤村喜美子
1967	個展　クリスタル画廊　東京銀座
1969	個展　壱番館画廊　〃
1970	個展　壱番館画廊　〃
1971	女友達展　壱番館画廊　〃
	東賀津絵　生長智江子　岩本和子
	植野悦子　北村明美　小紋章子
	島田鮎子　広瀬（川仁）俊恵
	藤田淳子　山口はるみ　山領まり
1972	個展　壱番館画廊
	個展　スルガ台画廊
1973	個展　ゑり円画廊
1977	棟展　スルガ台画廊　東京スルガ台
	小紋章子　榊美代子　坂口国男
	島田鮎子　杉田五郎　松岡眞
1978	女友達展　2回展　同和画廊　東京銀座
	1回展と同じ
1978	七人展　オカベ画廊　東京銀座
	朝妻治郎　小紋章子　前川佳子　末松正樹
	佐野ぬい　米谷誠一　植田種康
1978	棟展　2回展　スルガ台画廊　東京スルガ台
	1回展と同じ
1978	東京展出品　会員となる

シンプル　ライフ

二〇一七年一月二七日　発行
著　者　小紋　章子
発行者　知念　明子
発行所　七　月　堂
〒一五六―〇〇四三　東京都世田谷区松原二―二六―六
電話　〇三―三三二五―五七一七
FAX　〇三―三三二五―五七三一
印　刷　タイヨー美術印刷
製　本　井関製本

ISBN 978-4-87944-273-4 C0092